TOURO

TOURO

IVANHOÉ MARQUES

Dados Internacionais de Catalogação na Publicação (CIP)
(Câmara Brasileira do Livro, SP, Brasil)

Marques, Ivanhoé
Touro / Ivanhoé Marques. -- São Paulo :
Ofício das Palavras Editora, 2011.
ISBN 978-85-60728-30-5
1. Poesia brasileira I. Título.

11-08883 CDD-869.91

Índices para catálogo sistemático:
1. Poesia : Literatura brasileira 869.91

coordenação editorial:
May Parreira e Ferreira
projeto gráfico e capa:
Valdir Guerra

Ofício das palavras editora estúdio literário

Rua Guararapes, 680 • 04561-0000 • São Paulo-SP
55 11 • 3473-7476
www.oficiodaspalavras.com.br

I

Ivo

Maria

marca-d'água da família

de um sopro

formam-se

pouco a pouco

um touro

e sua flora

não mais outra esclerótica

aurora

GÊNESE

de Maria
vem este mar crespo
onde crescem
sargaço
cabelo
meu corpo moreno
a face e o cepo
afros

Ivo
ao contrário
fez-me faca
inoxidável
e filho
apenas ilíaco
nas palavras
menos iniludíveis
estas
de cariar arco-íris
e desnodar armadilhas

Maria
mãe marinha
de muito gume
e pouca leitura
fez-me linha
e o pai
agulha
nas lições
de corte
curtume
e costura

órfão
a fórceps
virei bípede
míope
e misantropo
mas ilha
não sou oco
e dispenso o troco das oblações

Maria
Ivo
mãe / pai
mulher / marido
e este filho
último
a gerar
nenhum neto
e tantos ecos:

estas palavras
apenas
de fazer poema

POIÉSIS

num sábado
de outro século
a palo seco
aprendi
com estilete
a escrever
na pele
na pedra
no ferro
o poema
às vezes
éter
às vezes
ermo
e preso
sem remédio
a flores retóricas
a bravatas
ao terno e gravata
da gramática

desde priscas eras
as nove musas do Hélicon
asseveram –
"poema é cavalo
sem arreio
e galopá-lo
não tem meio-termo:
teço-me nele
ou apeio"

e o poema
no corpo
floema
fincou raízes
em todos os lugares:
me fez olhar
oásis
aves de rapina
quereres e quasares

E em parte pesca
ou seca
e cinzas a desejar messe
o poema
(aprendi)
até o fim da linha-d'água
é menos eflúvio
e mais cianeto:
o resto é placebo

CORAÇÃO

ao Rendrik, a mais rendida consideração

"arritmias supraventriculares esporádicas"
diz-me o médico
sem medir palavras
em tom médio
de quem amealha
por ofício
curas e mortalhas

sem mistério
o Cavaleiro Branco
afere-me:
"tens o coração manco
mas em tese
mesmo sem remédio
durarás além do éter"

e presto
restituo-me
à ruça cor das ruas
à bruzundanga paulistana
e o coração
irregular
descanso
à sombra das tipuanas

rendo-me
sem atrito
a um céu
sem deuses
mas cúmulo-nimbo
onde festejo
algum relâmpago
algum vestígio
do que se faz
em mim
imagem
som
e ritmo

E

e não importam mais
as dissonâncias cardíacas:
juro
por Esculápio, Panaceia e Hígia
fazer-me
de corpo presente
todo poesia

CAIXA

antes de mais nada
o vácuo
entre seis faces
que se completa
à vera
com matéria

os geômetras
sem mais preâmbulos
impõem a ela
um nome mais ancho:
paralelepípedo
retângulo
mas dentro
– gema, ventre –
avoluma-se
a seco
apenas o silêncio

para mim
neste átimo
(sétimo piso
edifício Guaporé
tangente à Consolação)
caixa
é apenas a torácica:

continente de
vértebras
costelas
esterno
que me guarnecem
o coração

e à caixa
à estaca zero
sempre volto
sem nunca tirar os pés
do próprio contorno

e perco
a fome
o bonde
a hora
e sem aventurança
da caixa de Pandora
nem mesmo sobra
a mais intátil
esperança

ANATOMIA

no corpo
um pouco pulmão
um tanto rim
e estômago
a palavra

quando muito
intestino grosso
às tantas
fígado
ou quase bexiga
a palavra:

cloaca
com que defendo
este defunto
prestes à dissecção

MÃO DE OBRA

outubro
vem à tona
em tom cinza
e ainda
por cima
a chuva mais viscosa

e por baixo
mas de pé
ainda sou o mesmo:

outro homem
(por ora
no prelo)
virá
sem pressa
sem arquejo

T

talvez
outubro
não o veja
nem novembro:
homem precisa de pele
homem precisa de tempo

CAFÉ

aurora
à luz de sombras e de migalhas
o copo fumega
na toalha de linho xadrez

na cor mais áspera do dia
bebo café
bebo café
pela primeira vez
em ventos
luas
e cetim
bebo café
bebo café
sem leite
licor
ou cicuta

bebo café
bebo café

café preto
a escrever na língua
sem pretexto
um verso mascavo
temporão:
um doze avos do que se inteira no coração

CARTOGRAFIA

a morte é um corte
a dividir
o mapa da gente
em sul e norte
sem outros pontos cardeais
e impõe
sem paralaxe
a sintaxe
cartográfica
da longitude:

nunca mais
amiúde
se alcança
a presença
organza
sisal
de quem
na tecelagem da família
fez-se linha
lua e sol

ao sul
ficam súplicas
e condenado à vida
procura-se
em mínima faísca
suporte
e sem mais saída
suporta-se
não a morte
(esta
a gente releva)
mas a cesura
nas trevas
que desata em ilhas
mãe e filhos:
o corte
equatorial
do cordão umbilical

M

mãe
é palavra passaporte
a este país invisível
ao qual se chega
à beira
apenas pela caligrafia
de um poema
baldio
de um filho
à sua Maria

ONZE

ontem
no ponto de ônibus
dez
comigo onze
em coletivo vezo
de esperar
mais um
Praça Ramos de Azevedo

dez
comigo onze
e fossem
talvez ferreiro
ourives
perfumista
e mais à vista
quiçá parteira
tão sem loas
às costas da possível
vendedora
a que se orlavam
outros cinco
a completar na calçada
o vínculo

O onze
e sem susto
partilhávamos
(sem pão ázimo
e vinho)
a velocidade
com que desfolham
almas e árvores

entre nós
o homem
café-com-leite
mochila às costas
óculos óbices
e contas a pagar

e no colo dele
fincado
o menino
colibri
-zito
os dois
-íssimos
pai e filho

e antes de
acenar ao ônibus
outros
pai e filho
refiz
com sobras de pele
areia
arestas
e nenhuma floresta

refiz
meu pai
seu filho
dois nós dois
refiz
o zênite
lugar-tenente
onde o pai
guardou-se
em farda
em cachaça
em folha-de-flandres

refiz
a caliça
a carne
de todos os retratos da família
e também éramos onze
e tão pouco
o horizonte

meu pai
partiu-se em nove filhos
e eu
sou apenas mais um
à espera de ônibus
nem ônix
nem onisciente

sou apenas mais um
a ultimar-se
à espera de ônibus
em não ter filho
nenhum

VERBO

Elisa
em certa quinta-feira
disse-me
que os ínferos
por desmazelo de todos
abriram-se
por um segundo
ou menos
e assim temos
sob um sol mais baço
um corpo
e mil sombras ao lado

E

e ao beber
beato
o último copo d'água
nem se percebem
as babas do diabo

Elisa
em certa quinta-feira
incitou-me
(ovelha desbastada)
a ler
o evangelho segundo João:
por ela
por nós
por precaução

MISSA SECA

dia a dia
o mendigo recita
o pai-nosso
no Largo da Concórdia:
seu vinho
a chuva
a lua
sua hóstia

Orfeu
olho atrás
a ordem inevitável da Cidade:
o ditoso
diálogo
entre
Deus e Diabo

CARTA

não a conheci
em vida
às claras
na cor de um sábado
à tarde
a buscar palavras
na mais próxima Via-Láctea

não a conheci
em chuva
em céu de brigadeiro
não soube um milímetro
do seu coração
inteiro

não lhe dei
a mão
um beijo
um abraço
ao menos um aceno
nem houve
de um a outro
antes, após
e apelos

não percebi na mulher
qualquer matiz:
seria mãe?
seria filha?
ou simplesmente
a trilha
de buscar a pé
a própria alforria?

não a conheci
em vida
apenas na morte
ou antes
em sonho
neste sorriso
– suponho –
do qual nada se aparta

conhecê-la
em corpo
não mais importa:
agora
você virou carta
a endereçar-se a outro universo

conhecê-la
hoje
apenas em verso

EGITO

matar-me
não consigo
e da morte natural
abdico:
e o sol absconso
é mais um aviso
a externar o milímetro
entre beijo
e abismo

Quisera
nas priscas eras do meu segundo
a noite
menos química
e mais quimera
ir
além do círculo do coração
renegar a vida
apenas
circo e pão

e mais
e mais
matar
não consigo
nas pregas da língua
a aleivosia
diária
das sete pragas
do Egito

DICIONÁRIO

"estorvo"
"covil de cobra"
"valhacouto"

meu pai era culto
e grosso
mal emborcava
umas e outras

ostra
bebo apenas água
mas do teu dicionário
tenente
tomo
umas e outras
palavras

CORPO

a casa casou-se consigo mesma
e deu frutos intangíveis
sem polpa
mais impalatável sumo nenhum

deram-lhe número
1715
em rua com nome de doutor
mão dupla
no último quarteirão
e um velório
em frente
a lembrá-la de que
vez ou outra
um coração desata
em silêncio interminável

a casa casou-se consigo mesma
e dos nove filhos de Maria
também se fez mãe
ou raiz:
impossível matizar todas as cores da flor de lis

nesta casa
casada consigo mesma
morei por quinze anos
e ainda me sinto no quintal
onde me calo
vento
nas roupas do varal

SÉTIMO SELO

Largo Coração de Jesus
onde cabia
há cem anos
o senhorio
e sua helvética
ambrosia
hoje cabe
o olho de peixe-morto
de quem
ao desamparo
atiça
no cachimbo de crack
o silêncio mais opaco
da cidade

Largo Coração de Jesus
coração dos Campos Elísios
evite-o
antes e depois
da ave-maria
ali
os sinos dobram
por cortesia

Coração de Jesus
Cafundó de Judas
ao largo
à parte
e à queima-roupa
andarilhos disparam
sísmicos
à cata
de mais uma
pedra de Sísifo

e assim
Apocalipse
(capítulo oito, versículo quatro)
por essas plagas
o sétimo selo
dia a dia
abre-se
e a fumaça de mil incensos
sobe diante de Deus
às expensas
de nenhuma oração

OITENTA

Ivo (1924/1986)

terias
hoje
tenente
oitenta anos
outonos
também oitenta
março s
mais oitenta
terias
tenente
oitenta
e a mão trêmula a tender
sempre
à mais incolor aguardente

tenente
olhos e fardas
verdes
terias oitenta
se a rapidez da morte não fosse a do vento
terias oitenta
se a vida não se abrisse em fendas
terias oitenta

hoje
etílico tenente
terias
oitenta
e de óculos
ao ler os óbitos do mundo em sangue
terias
aos oitenta
a mansuetude dos monges
a pele sem mais corantes
serias
telúrico tenente
a libélula
por fim liberta
nas nuvens
do voo mais tangente

tenente
terias
no fim da vida
outras núpcias
sem óbices
sem bestiário
serias
na aritmética do término
octogenário

T

tenente
terias oitenta
e tens
mesmo depois da morte
da contenda
tenente
tens oitenta
em tuas sementes
teus netos
teus tentáculos

antes e depois
pai
ou apenas tenente:
sobrenome da palavra sempre

MARIA

(1926/1981)

às vezes
(quase sempre)
fazes falta
neste vaso sem flor
neste voo sem asas

às vezes
(quase sempre)
fazem falta
tuas fábulas
teu feijão-de-corda
mesmo tuas facas

operária
às tantas
à beira do tanque
almoçavas
sem tirar avental:
arroz selvagem
abobrinha
alface
com pouco sal
e a tangerina
em gomos
era modo
de tanger o sol

A

às vezes
quase sempre
sem parênteses
fazes falta
Maria
e fotos
óculos
cartas
escapulário
não escapam
à fome
urubu
do calendário

árvore
de todos nós
Ave-Maria
nossa forja
nossa formiga
mãe de todos
de todos
filha
ventre do mundo:
família

SANTO DO DIA

Norberto
nobilíssimo
antes de converter-se
disse em suas notas:
"cidadão de Babilônia
sem norte
eu bebia vinho
e sangue
nas cortes do corpo
e nos cortes"

um dia
a caminho de Freten
à maneira de Saulo
caiu do céu
a luz mais rútila de sol
e atingiu Norberto
e o mundo revelou-se
a ele
mofo
nonada
se não houvesse
Deus e suas asas

Morto
em 6 de junho de 1134
Norberto
é o santo do dia
dia de meu aniversário
mas nenhum raio
salva-me:
o mundo é sempre
o mesmo miasma

Norberto
escuso vosso santuário
mas bebei comigo
um cálice de cachaça
neste aniversário
em que cumpro
alguns anos
e não a pena perpétua
do bom ou do mal
presságio

NOME DE CORPO

a rua Rego Freitas
enfeita-se de travestis
sob o regaço de sexta-feira:
é noite
e à noite
as noivas do meio-fio
abandonam casulos
sem a certeza
de a sede
sublimar-se
seda

não falta cliente:
homem
hétero
(quase sempre)
a diluir-se
et cetera
depois do expediente

Naomi!
ouço chamarem o nome
em corpo
longilíneo
moreno-mate
arrematado
em cabelo loiro
açafrão
mais um bíblico
pomo-de-adão

e a borboleta
fática
fálica
sorri faíscas
à bonomia
do taxista

Mulher
Homem
Espírito Santo
a trindade completa-se
na Rego Freitas
à revelia
da pólis
dos deuses
da polícia

Rego Freitas
e sua página de rosto
sem autor
sem título
sem imprenta
sem frente
sem verso:
Rego
levemente íngreme
e toda sexo

NAVEGAÇÃO

tu me pegas o pênis
sem pejo
e um istmo sutil de peles
nos apensa à síntese
mais plena
entre
macho e fêmea

e fenecem
ao me pegares o pênis
feridas ainda cinzas
ofensas
desabaladamente
ofídias
e mais uma vez
a vida faísca
e num afago desfaz afélios:
dentro de nós
apenas Eros

e o peixe
sem escamas
sem guelras
na tua mão desperta
o gesto mais agudo
de conhecer o mundo:
o berilo instante de
à vulva
volver a glande

antes e depois
anulam-se
se me pegas o pênis
e o pões
sob o tato
de língua
saliva
e palato

Nesta borbulha
apuram-se
efêmeros
macho e fêmea
até o ápice mais quente
em que sentes
no zênite
o jato de sêmen

o pênis
agora
descansa no porto
a ver nenhum navio:
tu sopesas
sem surpresa
o mais completo vazio

ÁGUA

E espelho
espuma no rosto
o risco vermelho
acima dos lábios:
e a navalha
neutra
em copo d'água

depois
a ducha
as dúvidas em agulhas
ruim aroma
de rosas e de vapor
a contrapelo
da vida
neutra
num box de metal

neste banho
tiro de mim
barro
serragem
suor e rebarbas
e pelo ralo
escoam
frases de ocasião
e mil larvas

chumbo
estanho
escaras
removo
num átimo

e das vísceras
e do labirinto
nada fica
a não ser este líquido
tinto
a fixar-se
extemporâneo
no dorso
da língua

FLORAÇÃO

L

Leo
corta-me o cabelo
máquina zero
com o zelo
de quem colhe
(pelos olhos)
azaleias
de flores alvas
lanceoladas
e às avessas
salva-me o sábado

Leo
corta-me
lesto
o cabelo
e leio
no espelho
um homem a desbastar-se
de folhas, ramos e brotos
dessecados

um homem
a quem este maio
de todo
não obsta
e floral
o sorriso mais óbvio
forma-se
em espelho de barbearia
a despeito
da renitência
de pulgões
ácaros e cochonilhas

SETEMBRO

é quando percebo
num pestanejo
agosto
dissolver-se
sem deitar por terra
poalha
serragem
filandras

e sem ofício de corpo presente
agosto lanço
na vala comum
e lembro-me:
é setembro
recém-saído do forno
é setembro
e sem mais detença
meto dentes na fruta-do-conde
e onde a lua
é mais crescente
escondo-me
e depois
ponho
a flora
o corpo
à mostra

(ostra
é apenas aposento:
a pérola
é setembro)

o labirinto desata-se
num apontamento:
é setembro
e a língua
fluida
uma vez por todas
salva-se
na tua boca

outro setembro
haverá
talvez mais inteiriço
mas este
sem primavera
sem aviamento
quisera
setembro
a um só tempo
apenas entre dedos
mas ainda
setembro

JOÃO

às 23:56
de um novembro
(dia 18,
lembro)
fez-se Verbo
no engenho do tempo

nascido,
é nosso avesso,
ao versejar, do berço,
universo:
"amanheço"

velho é viver apenas evangelhos:
"ora, ouçam estrelas!"
nos diz João,
com via-láctea convicção,
rima viva
para sempre
da palavra
coração

GROENLÂNDIA

no poema
branco-de-zinco
apinham-se
lírios
e a blandícia
faz o cardo palatável
a todo leitor
cardíaco

no poema
branco-de-bismuto
onde pôr
sem ânsia
o vômito visível
de Vila Brasilândia?
onde pôr
o vespeiro
a poeira
a geometria sem eixo
das vielas
em espinha de peixe?

no poema
preto-fulo
muitas ruas
ainda sem betume
batizam-se
em água de chuva:

Real Grandeza
Pirilampos
Flor-de-Lis
Tico-Tico-do-Campo

Turmalina
Enluarada
Rendeira
Vitória-Régia:

nomear ruas
em Brasilândia
é poética

mas o poema persiste
branco
branco
branco
de Groenlândia
mesmo quando piso
a serviço
a Vila Brasilândia

PRATO FEITO I

o poema
ao ponto
põe-se à mesa
em meio
a feijão-de-corda
arroz selvagem
à pimenta-caiena
mas sereno
faltam-me apetite
e o senso de matar a sede
na cachaça de alambique

o poema
é esta fome
por dentro do homem
e dele
fundo-falso
talvez me afaste
e ofereça a outra face
à cidade
onde números
e apenas números
bastam
para qualquer cardápio

NÊSPERA

a noite nega-me
néctar

e a lágrima
última
é um átimo
antes de o corpo crispar-se
ao disparo
sem balas
de um revólver

a noite nega-me
néctar

e o inesperável sabor de
nêspera
da véspera
perde-se
nos lençóis
há meses em arestas
onde teu corpo
ausente
mas polpa
aos poucos
desestrela-se

e talvez
das réstias
revelem-se
o copo d'água
sem algas
o livro em branco
o alfa
revelem-se
mais fogos
e menos fatos

hoje
o sol sai pela culatra
e um tiro
atinge a carne
sem feri-la de sangue
e o silêncio
sísmico
coagula-se nesta lua
absoluta
a 384 mil km
de mim

a noite nega
néctar
mas de todo não me esfacelo:
apelo
a palavras
a traças
a tudo que rói
teu rosto
e o esfumaça

PRATO FEITO II

o amor
cuspiu no prato onde comeu
pelas bordas
a ambrosia
do primeiro beijo
do primeiro gozo

hoje
amor é osso
caroço
carne de pescoço
no curtume da maresia:
amor, arroz, feijão
e azia

FORNO DE BARRO

para Marinês: menina, palavra e minério

à tarde
ao vê-la tirar dele
pães e sequilhos
de Maria
eu era mais filho
não apenas
um dez avos da família
e aquilo
(a mãe
à mão
e o calor
de voltar
àquele ventre)
hoje
não mais habita
vigas
paredes e batentes

Piquete
onde nasci
sob os cânticos a São Miguel Arcanjo
é apenas escombros
e fome
a espicaçar
o espaço
o tempo
o abdome

e sem entorno
de mãe
a cultivar o solo
imploro:
sopre-me
Maria
os poros
e acenda
este forno onde fomos
somos
éramos
a mesma massa
de terra
água
areia e barro

e bastam-me
os invisíveis
pães e sequilhos
e a superfície
onde piso
e isto
não é início
nem término:
é um meio
de me fazer
sem lírios
Maria
o seu filho

ORFEU

Na praça Roosevelt
Ele canta
arrítmico
os últimos hits
em Seu impalpável
rádio de pilha

e apinham-se
em derredor
os mais arrabaldes
homens e mulheres
a ouvi-Lo
emudecer céu
e sinos
da Consolação

Aedo
Aedes
ao rés do chão
Urubu-de-Cabeça-Preta
a oferecer
fortíssimo
pérolas
aos pretos forros
e carniça
à missa das dezoito
na Consolação

aos poucos
em coro
os rotos
as pombas
O acompanham
à montanha sem sermão
à primeira ceia
a que fazem jus
nem judas nem jesus
mas os justos
que jazem
aos pés da cruz
sem consolação

ANUNCIAÇÃO

Maria, Ana, Teresinha:
depois da morte
toda mãe
avizinha-se
e nós
sem mais istmo ao continente delas
ficamos filhos
e o domingo dormita
sem filhós

ficamos filhos
e os dias
cada vez mais físseis

ficamos filhos
ilhós
por onde debruam
fitas
de Nossa Senhora da Orfandade

Maria, Ana, Teresinha:
depois da morte
toda mãe
aviva-se
neste tom violáceo
inextensível
a filhos
e ficam
para nós
apenas calendários
o vento corso
o corta-trapo
este contrário
a ocupar
ares e áreas
onde mãe era espaço

Maria, Ana, Teresinha:
trindade
ou apenas três mães
sem salve-rainha

talvez aves
sem mais arribação
ou a vez mais vésper
do coração

as mães persistem
além da fotografia:
nelas
a rosa revela-se
mais espiral
menos espinho
e a saúva saudade
em nós
apinha-se

Maria, Ana, Teresinha

ZERO

Acordo
carne e ossos
e ponho-me
à janela
sétimo andar
à espera
de um céu nácar
onde caibam
aves
aviões
e um sol de África
escancare-se

mas é outono
e outro tom
mais sépia
cerca a cidade
e tece
na casimira de ontem
este hoje
mais acrílico
início
talvez
da sagração
do mais inóspito ofício:

ser a órbita
de centro nenhum
o nó sem mais laços
o beijo
para sempre
óbito

outono
às escâncaras
ouça
as escaras
deste homem
sem nome
sem asas
e dele
se comisere

zere
este crisântemo
este antes
que me desaba depois
zere
este instante
azinhavre
em que me ponho à janela
e o silêncio abre-se
em simples oração

CAVIDADE

triste
dispo-me de vírgulas
trituro cada palavra
víscera por víscera
elido mesmo
o não-dito
os ecos
as sombras
as miuçalhas
e se houver ainda
a mínima messe
elimino-a pelas fezes

T

triste
dissipo de mim
o nada
e nunca mais
nenhum túnel
entre mim e ti
escava-se

tristíssimo
corto de nós
a última linha:
e um adeus instilo
em cada dia

DROSÓFILA

a rua
Guimarães Rosa
roça
a Roosevelt
e esta
menos praça
torna-se plaga
onde grassam
da urbe
todas as graças:
pombos
camundongos
camumbembes
e noias
à cata de
crack
beck
pó
e boceta

A

a Guimarães Rosa não boceja

(e o asceta
espirala-se
em oração à lua
e às drosófilas)

nas Veredas-Mortas da praça Roosevelt
fiz pacto
– no meio do redemunho –
com o Cujo
o Manfarro
o Zarapelho:
de nunca mais apelar
à nitidez dos espelhos

Que-Diga
Que-não-existe
em mim
agora
outro
menos destro
e mais canhoto

VISITA

O ontem
entre tantas sepulturas
supus achar a tua:
ermo de pedras
ossos
limo
ervas daninhas
e um cortejo de formigas
a fustigar a retina
com a rotina
operária
da vida

"seja bem-vindo"
acenou a morte
num acinte
e além do branco mais lírio
era possível senti-la
cintilar no vazio:
dentro
fora
de lado
o corpo
descarrilado

ontem
pai
entre tantas sepulturas
no cemitério de
Chora Menino
supus achar
a tua
a de todos
a minha

e não houve lágrimas
na face mais lâmina
do teu filho

DESCARNADO

urubu-de-cabeça-preta
cabe
único
neste céu lápis-lazúli de domingo
mas não rapina
por falta de carniça
este pouco
coração

rodopia
urubu-de-cabeça-preta
o relógio
sem números
do hotel Jaraguá
e anuncia-me:
quase meio-dia
e meia-vida sem préstimo
a querer
a palavra sem preço
o beijo sem prazo
o pão sem peso
a querer
sem êxito
eixo
onde não há centro

de-cabeça-preta
urubu espreita
o homem na jaula da janela
o homem afeito a pouca conversa
o homem em mim tão vértebra

em riste
urubu cerca-me
e avisa
de um céu menos asséptico
nem azul
nem zero

um céu
em mim afora
sem matiz
de ontem
de qualquer agora

e neste céu
olho-me
nem réu nem restolho
olho-me
folha
onde a vida ressoa
nem menos
nem messe:
escreve-se

HAMARTIA

o viaduto major Quedinho
convida-me
à queda
àquele desapego
ao peso
ao preço
que se colam
às coisas
aos corpos
em relevo

"é cedo!"
sopra-me
o Que-Diga
em rebojo
sob o revoo
sem meta
dos urubus-de-cabeça-preta

hoje
enxofre
o sol põe-se
de borco
e o major Quedinho
à margem
queda-se
via-crúcis
matadouro

"basta!"
o Cujo
acode-me
em babas e ranho
por todos os cantos
e o abismo
pela raiz
desata-se:
o preto
à beira
e afora
o prata

D

de volta
à casa
bom filho contorno
os mesmos
armários
aranhas
e arestas

ovo
e o homem
sem gema
sem clara
mais uma vez
gesta-se

3 X 4

guardo-me
neste quarto sem alfaias
a pão e pó
e água
mais algum alfarrábio
onde leio
em traças
aquelas mil fábulas
sem a elas somar
mais uma
a minha
mui curta
(mas cardume)
a que me apego
peixe
curtume

E e a sós
neste quarto
um corpo forma-se
caule
cós
costelas
caibros
e vigas
sem cupim

e vinga do reboco
outro homem
a dizer
neste retrato
3x4
um não nanquim
aos quistos
aos ínferos
às quizílias
dentro e fora
de mim

TOURO

o corpo d'água
apoia-se
nos pés cavos
e busca
sem loas
não apenas
prumo
ou proa
mas o meio-dia
em ponto
de pôr à tona
sem toleima
o touro:

todo tórax
– mas não apenas
mil quilos
e mugidos –
eis os chifres em riste
a pelagem
preto no branco
as ancas
intactas
e os cascos
a esmigalhar
ervas e ecos
daninhos

touro
não mais tolero
na pele
o ferro
em brasas
do número zero

Nasci em Piquete, no sopé da Serra da Mantiqueira, filho de mãe mestiça e de pai militar servindo na fábrica de material bélico Presidente Vargas. De cidade em cidade, a família, itinerante, há quarenta anos firmou domicílio em São Paulo. Quarenta anos e nenhum problema resolvido, diria Drummond, mas entre flores e náuseas, cursei Física e Letras, para crer na luminescência quântica das imagens poéticas. Se viver a bruzundanga paulistana é preciso, o poema não me salva, mas é um desassombro, em comum papel de ocasião.

Gratidão, afirma André Comte-Sponville,
em seu **Pequeno Tratado das Grandes Virtudes**[1],
é alegria recíproca, alegria partilhada.
Em outro tom, gratidão é um círculo de mãos
dadas no qual se conjugam memória afetiva,
reconhecimento, amizade.

Essa gratidão compartilho

com os frequentadores do laboratório de criação
literária do museu Lasar Segall, os quais,
por quase vinte anos, escutaram-me,
leram-me, em prosa e poesia;

com Sílvia Regina Estevam Almeida,
quem primeiro formatou esse livro;

com Elisa, Henrique e Christoph,
os três bem-amados;

com Maria José, infinita extensão
da palavra doçura.

1 • COMTE-SPONVILLE, André. *Pequeno Tratado das Grandes Virtudes.* Tradução Eduardo Brandão. São Paulo: Martins Fontes, 1995, p. 152.

impresso na primavera de 2011